JN114935

such and such

和合亮一

思潮社

such and such

和合亮一

目次

装画　ミロコマチコ
装幀　中島浩
製版　髙柳昇

such and such

ジオジオラマラマ

見よ
夕焼けに染まる
少年たちの
草色の頬を
衝突する雲たちの
口々に呟く
肉と心と怒りを
何故だ
さて
火の山に不時着した

模型のタカはどこ？
白いクスノキが
頭脳のどこかで
風に揺られて
稲妻と神話の記憶が
赤いボールを投げつけてくるから
無人のブランコが
はるかな国で
行ったり来たりを繰り返しているから
そこから飛び降りて
半ズボンの男の影が
肉の棹を盗みに来ると
屋根の無いワラ小屋が燃やされるから
ところで
飛ぶことを知らない
模型のキジはどこ？

翼を輝かせたままの
模型のキツツキは？
霧の中のサルたちの
糸杉がまた
倒れ込もうとするじゃないか
明日の空を忘れた
模型のイヌワシはどこ？
昆虫の涙で濡れた少年時が
迎えに来る
逃げるほかないのだけれど
逃げる道も無いのだろう
カブトムシが体の中で
ミヤマクワガタになっていくように
甲殻の外へと脱出することは出来ないのだろう
この世界が足音を失ったときに
静かに耳の奥で

マッチ棒が擦られてゆく
極限に小さい火柱が針葉樹の正義との唯一の
契約条件なのに
こんな山奥にも
精神の第一原子力発電所三号機の建屋はある
それならば
あの日にヒゲを生やしたサルたちは
モウモウと吹き上がる硫黄の
無限なるイマージュと
いつも遊んでばかり
こうして接着剤の沼から這いあがった
模型のフクロウはどこ?
黒い赤い毛を生やした山野へ
ボールを拾いに行くと
グジャグジャの形をしているサルばかりです
逆巻く渦を持てあましているカタツムリが

そのまま銀河を転がしている
模型のヒヨドリはどこ?
何億もの死の翼が
天を覆い尽くしたままなので
かつての男の子たちが
太陽を
キャッチボール
それでも何かを
約束出来るのだとするならば
いつも真っ直ぐな球を
投げたいと思っているのだ
冷たい魂のスローカーブも
虹の独り言を聞いたことがあるかい
山岳で光る現在に蹴りをいれてやれよ
そうして
猛禽類の高度な夢に逃げ込むといい

必ずや血と舌の叫びは
宇宙を啄ばむしかないから
火の幽霊が操縦していた
模型のミミズクはどこ？
ああ一本の樹は誰でも無い
精子を盗んだ
山蟻たちはどこ？
ライチョウの
巣の内側で
少しずつ濡れている胡瓜は？
セメダインの雨季は近い
シンナーの湿原で
左の靴を失くすしかない
日の丸のシールが
間違って貼られていた
模型の零式戦闘機はどこ？

やがての闇に消えてしまいそうな
紫色の山道はどこ?
若草の上に落雷
深くなっていく
大気の家と
硫黄の絶望
両手いっぱいの
自由を!
空の覇王よ
その巣立ちのすぐ後に
プラスチックの
夕闇が迫る

禁止

水の無い屋内プウル場にいます
このことは誰も知らないのです
立ち入りは許されてなどいないのです
この世界の胃袋のようなところで
ずっと黙ったままに
プウルサイドで足の裏に貼りついた
イチジクの葉をどうしようもない
何をしているのかというと
何もしていないのです
何しろ　水の無い

乾き切ったプウルの底を眺めています
胡麻の実をいくつか拾いました
それぞれが叫びながら奈落へと飛び込んでいきました
ただ失われた水のことを思っています
あれほどたたえられたこれらの冷たい総量は
何の痕跡も残さずに
このようにも逃亡していった
光を降らせていた
真っ青なかつての水底で
ゆっくりと歩いていた
あのキリギリスの幽霊も一緒に
わたしを受けとめてくれていた
大いなる何か
あれほどの水の総量と
わたしの存在とは比べるべくもないけれど
一つの契約が酸素と水素を統べるようにして

クロールをして背泳をしていました
ああ
ついに勝ち得た自由と同じぐらいに
手足を
あんなにも伸ばした愛しい日々だったのに
それにしても
どうしてここには水が無いのであろうか
屋内のプウルは乾き切ったままで
あらゆる静寂が考え事をしています
これほどに寒い真冬に
わたしたちが失っている最大のものとは何か
それはここにあふれるばかりの深呼吸があったということ
何百もの足の裏が行き交ったということ
屋外では
枯れた木の葉が舞ったり泣いたり
音を立てていたりしたということ

手の中に
命のありかと水を滴らせながら
必死にもがいて
潜水の訓練をしていた影があったということ
空砲が鳴り
誰かと誰かが飛び込み
勝者と敗者とを決めていたということ
南極の氷山が近づいてきたということ
カシの木の椅子の幻が倒れているということ
水はどこへ逃げていったのか
ゆらめく疑念と水晶狂いの綾は
凍てつく死と光と雲は
猿の群れと連なる遺伝子は
わたしたちは
プウルサイドから
無数の消しゴムを放り込んだに過ぎない

無言の砂漠が昨日のうちに
遠い記憶の横断歩道で
小石を蹴ってつまずいたから
はっきりと氾濫したのだ
陽ざしを浴びた落花生が
それなのに
また飛び込むのか
液体の情愛も懐も激情も
ここには無いというのに
どんな理由があって
飛ぶというのだろうか
整列して順番を待って
合図を受けて
美しく指を揃え
雷魚のように飛び込んでいくのだろうか
水が無いはずじゃないか

水が無いはずだろう
わたしは涙ぐましくなる
乾き切った一個の海へ
人々は焦がれている
たとえ肉体は無くとも
水気の全く無い
屋内プウル場に
春を待ち望み
冬眠する虫が暮らしていて
恐ろしいのは
テントウムシの集団であります
一匹一匹が原子のようなものとなり
渦巻を描きながら
壁に並んで眠っている
枯渇の宇宙を
押し黙ったまま

呪っている
わたしたちの灌木のような思惟を笑っている
この大きな無人の施設の窓は
さんさんと晴れ渡るむごたらしい朝や
空腹のまま横たわり死んでいった
動物たちの骨がまだ生きている真昼や
誰かを罵倒している
気の抜けた炭酸のように
奪われていく夕焼けを映します
愛は遺恨へと変わるが良いだろう
渋柿を剝きます
ここは立ち入り禁止なのです
ここで何をすればいいのかを考えているのです
ひたすらわたしを苦しめるのは
ざらざらとしたプウルの底の感触でしょう
砂だか小石だか嘲笑だか

足の裏の皮を刺したり
くすぐったりするわけです
わたしの皮膚は
祖国と一触即発のまま
なぜ禁止区域に
しかも深い底に
わたしは入っているのか
と問うのですか
何を馬鹿げたことを
ならばあなたの
暮らしている街は
立ち入り禁止ではないのですか
あなたの家族も仲間も先生も恋人も
みんな違反者でしょう
造反者でしょう
偽

情報の発信者でしょう
同じ穴のムジナだから
そうやって気づかないだけなのですよ
なぜここには水が無いのかって
何を馬鹿げたことを
わたしが飲み干したのですよ
たくさんの人が
飲み込まれていった
だから
わたしは
同語反復のように
繰り返すだけなのでしょう
生きることを
そして
こうやって
かつての水の底に立ち尽くして

見張るのです
なぜなら
ここは
立ち入り禁止の
屋内プウル場だからです

句読点

◯。
。**水が恐ろしいから水で手を洗うしかないのです。**
。泡の中へと。消していくしかない。流していくしかない。
。影よ。。流れていくしかない。
。。消えていくしかない。◯
◯泡のそとへと。洗われたままで。沈黙して。
。洗うしかない。泡の中へと。消していくしかない。
。流していくしかない。●影よ。流れていくしかない。
。消えていくしかない。泡のそとへと。
。洗われたまま。絶対の静寂へ。。。。。。。

。マスクをする。外す。顔を洗う。
。
。マスクを外す。石鹸をつけて、手を洗っている時にだけ。
◯自分が自分であることを確かめることが出来ている気が最近はしているのだ
。った、だから執拗に洗い続けるようになっていて。手のひらと指先と。。そ
。の付け根と手首を時間をかけて洗う。
。
●●●。
◯。
。。。。。。。。。。。。。

。あたかも泥水に沈む小石を手探りするようにして、懸命に求め続けて。いる
感じで、必死に手を動かすのだった、やがて見つけあぐねて。。あきらめて泥
水から引きあげる。洗い流すより他は。ないのだ。**水で**。手のひらと指先とそ
の付け根と手首とを時間をかけて洗うのです、待てよ、**鏡に映るお前はお前に**
問うのだお前は誰だ。**さて、洗うしかない**。泡の中で。土だらけの記憶が浮上
してくるのです。泥の中で飴色の小石を見つけるよう。
にして。

しつこいようだが道ばたに落ちているマスクがあまりにも生々しいので話しかけたくなるのは路傍もまたマスクをしていたからに**他ならなかったのです**。マスクの中に隠れていく鹿の鳴き声、狸の足音、そして冥王星に**他ならないのです**。本当にしつこいようだがほとりのマスクが意志を持ってそこに落ちているかのような舗装道路の現在があり、マスクをしながら、それを時には息を殺して見つめてしまいました。本日のこと。マスクのひもが一日のうち。二度も切れてしまいその都度に新しいものをし直すと、とても心が乾いているのが分かる気がする。その度に大粒の雨がぱらぱらと降ってきます。帰宅後の洗面所にて。泡の向こうに。さびしい手があるような気がして。思わず握ってしまいたくなるのです。

◯

◯　。。。。。。。。。。。。。。。。

ある。いや。ない。その他のことは。すべて。ぼんやりとしてくる。感じがあって。どれもこれも。◯をつかむことばかり。いろんなことが清潔になっていくような。そして。少しずつ。いろんなことが。さらに汚れていきます。

。手を洗うと。新しい電信柱と。光る電線が。ずうっと。心に並んで。風に吹かれているような。足のうらが。踏み心地のよい。草の上にあるような。麦の穂が。ふと揺れているような。。。。そびえたつ山が。雲の中に。いくつも見えてくるような。怒りや。いきどおりや。悲しみや。許しや。慈しみのような。　そのような理由でお前は泡の内部で水を恐れているのです。。。。間違いなくいつも見張られている。それは穴が空くほど。お前に。だ。か。ら。洗面所ではマ。ス。ク。を。し。ま。す。だから赤いマスクをします。

。。。。。。。。。。

だから桃色のマスクをします。濡れた靴下を持てあましているに過ぎないのです。水にねらわれているのです。すべてを奪っていこうとして。家の内部には舌なめずりしている闇があります。だから。。。。。。。。。。。。。。。。。水玉のマスクをします。水には政治があります。国家があります。無効投票があります。◯お前とお前の手の平には砂の城があります。カラカラに干からびた。。。。。。。。。。。。。。。。　木彫りの蟬があります。。。。。。。。。。。。。。。　雪とは何かを問うのですか。◯◯◯。
お前たちの薄汚れた人生の亡霊です。そんなふうに秋は血を吹き出しながら。

真夏の坂を転がる。無人の桃のように。春を呪っていますね。恐ろしいのに。
喉が渇けば。それを飲み干すしかない私があります。。。。。。。。。。。。。しかしも
は。。や。一滴も口にしないと決めた。これほどまでに。生の渇望が私の姿を
している。　　　　　　　　　　　　　　　　　　　　。
それほどに私は生きたいのです。だから泥だらけのマスクをします。◯。だか
　　　　　　　　　　　　　　　　　　　　　　　　　　　　。
ら空色のマスクをします。何かを告げにやって来る。途轍もなく水は恐ろしい
と。　　　　　　　　　　　　　　　　　　　　　。
　　　　　　　。
歳月の津波がやって来るのです。仕方がないから口を黄金の砂利ですすぐしか
ない。だから鉄のマスクをします。「どういふ具合に水が恐ろしい？」こんな
ふうに。。ああ冬だと呟きます。手を洗うしかない。

降るぞ雨え降る雨ぞえ雨

が雨降るの
だ雨決まっ
て雨こんな時
に雨が降
る雨が降るの
だ雨釘が降るの
だ雨決意するかのよう
に雨果実のなかは糖分が降り続
き雨どしゃぶり
だ雨静かなえら呼吸の昨日は深海に

て雨目覚める
と雨すでに体は抜け出してい
て雨ぬくもりだけが残ってい
て雨ヘリコプターの幽霊が空を横切ってい
て雨食卓で押し黙るの
だ雨コップのなかが恐ろしく
て雨飲むことをためらったま
ま雨ずっと見つめ
て雨無の表情のまま
で雨入浴しようとする
と雨浴槽はカラになってい
て雨裸のまま
に雨風呂に入っ
て雨黒いわたし
が雨手を合わせてい
る雨今朝は雨が降るぞ

え雨誰彼ともなくお願いするの
だ雨を止めてくれ
え雨たまらな
く雨恐ろしいの
だ雨と雨こんな時
に雨プロペラの影が過ぎ
て雨逆さまの一日を見つ
め雨土踏まずに
は雨黒のわたしが集ま
り雨みな逃亡していくの
だ雨夜明けに雨どこ
へ雨食べる雨奪う雨寝る雨殴
る雨排泄す
る雨貨物列車を追うようにし
て雨決然とした朝
だ雨鉛筆はナイフにな

り雨ナイフは鉛筆にな
り雨刃に稲妻が映
り雨田畑に肉体のない足跡が続
き雨原稿用紙には木が立ってい
て雨飄然とした正午
だ雨二酸化炭素
が雨ムチを打たれた過去に怯え
て雨呆然とした夕暮れ
だ雨と雨こんな時
に雨追いかけられている雲がスズメを呑
み雨世界を真紅に染め
て雨クレヨンを折ってしまうの
だ雨全然の夜
だ雨水に殺され
て雨喉は渇き切
る雨革命と夕食を共にし

て雨地下を黒い牛乳が流れ
て雨無印の早朝
だ雨回転翼の航空機の白い影
は雨窓に生えたシラサギの耳を揺らさ
ず雨暮らしを真っ黒に染めてい
く雨強炭酸の真昼
だ雨フィラメントの盗まれた電球を机に置いたま
ま雨ああ水のない暴風雨は舌を乾か
す雨台風の予報は赤錆びたま
ま雨脾臓をバラ色に染め
て雨華麗なる加齢の黄昏
に雨岸辺を奪われていく信念
だ雨だからあの丘はかゆいの
だ雨何億もの電信柱がひげを生やし
て雨水のないプウルを波立たせ
て雨足のない不条理

だ雨だからといってどこま
で雨飛ぼうというのだろうか
か　鮫肌の回転翼よ
よ　風景はいつだって
て　真っ黒な統計ではあるまいか
か　そこでは一輪車が倒れたままに
に　新鮮な杉林の思想を欲している
る　詐欺の未明だ
だ　精液の昼下がりだ
だ　脱線の星空だ
だ　みいいいんなななああああ
な雨泣きながら顔に
に　口紅を塗られて
て　赤いだけの極意を持てあましている
る　そうして飢えた仔象に
に　食べられるのに

に　血と晩餐会を共にするしかあるま
い雨お冷やを一億杯ほどお願いしま
す雨空いたグラスを下げていただけます
か雨はっきりとした頭脳の存在
を雨止めようとしないの
が雨満月のそら恐ろしさであ
る雨今晩も水
が雨非道いことをしようとするの
だ雨だから雨ずっと暗闇
で雨布団のなかに
は雨日本国の領域あるいはそれを構成する
　主たる要素である列島とその周辺の地域を描いた地図があ
る雨降るの
だ雨靴が降るの
だ雨葱が降るの
だ雨銭が降るの

だ雨家が降るの
だ雨拳が降るの
だ雨湖が降るの
だ雨決意するかのよう
に雨と雨こんな時
に雨が降るの
だ雨が降るぞ
え

わたしは詩を書かない理由です

親愛なるわたしよ。
月が雲に隠れているから。
夜更けに原稿用紙を広げてみるといい。
この夜。
暗闇のなかに、
ほのかに一点だけの火が見えてくる気がして、
だから、
あの灯りを頼りに書き続けようとするのが良い。
とぼしい気配を見失わないようにしながら、
しかし、

目を凝らすほどに銀色の光は、あざ笑いながら逃げていくのだろう。
書くことは、
闇のただなかで息を潜めることに等しい。
そして、
はるかかなたにあれのありかをたずねようとすることによく似ている。
気配を隠したまま数値の原野を照らし出そうとはしない光は、
闇雲に指し示そうとするのだ、
道ばたを。
赤信号は赤信号になるのだろうか。
あれは、
自らの閃光を飲み込んでいる。
だから姿を現さないままに、雲の内部の地獄へと逃げながら、
こちらの暗黒へと、
その感覚だけを投げ込もうとしている。
わずかに少しでも矢を与えてくれるのであるならば、
わたしとわたしも一文字だけでも、

まずは刻み始められそうなのだけれど。
たくさんの影たちが見あげて探しているはずだ。
無のなかの火、
黒のなかの黄、
静寂のなかの喧噪、
悲しみのなかの安寧、
少しでも顔を出してくれるのなら、
心静かに書き示すことが出来るのに。
願いが叶わないというのなら、
天に消えているままの、
丸々と太った銀の火炎を、
思い描くしか術はあるまい。
中間貯蔵施設は整備され、
土は押し黙り、
あれは夜を食べて、
透明な水は海へと捨てられていて静かだ、

あれは影たちの前に広がる白紙と枠線の上の、
真っすぐな舗装道路やあぜ道を照らし出さない、
避難していくたくさんの人々の耳たぶを照らし出さない、
蹴られた小石がコロコロと草むらで空を食らうのを照らし出さない、
牛たちがつながれたまま餓死していったのを照らし出さない、
落とされているマスクが人格を持ち始めるのを照らし出さない、
ここまで　不意に浮かぶことのフレーズの蛇行の列に並んでみると、
照らされない風景が露わになってくるだけだ。
唯一、
そこにあるからこそ、
それであり続けようとする、
存在する前にそうしているという絶対的なものが、
地上に残された静寂の姿にはあるのに、
どうして無人？
どうして鳥？
どうして川？

どうして船？
どうしてTシャツ？
どうして墓石？
どうして電線？
どうして色紙？
どうして長靴？
どうしてわたし？
どうして四トン・トラック？
どうして画鋲？
どうして小石？
どうしてイノシシの歯型？
どうして空き巣の足跡？
どうしてジャガイモ？
それ？
その姿であるのか？
あろうとするのか？

あり続けるのか？
あらねばならないのか？
それであるだけで、
白い紙の裏側と、
詩は悶絶する？
だから、
それであることを、
どうか漠然と止めて欲しい、
あるいは、
途轍もなく続けて欲しい、
畑の。
夜に転がる、
無味の玉ねぎが、
それであることを嘲笑する、
その時、
世界はもっと闇になる、

だから、
あれはあの球体の中心からあれであることを忘れていく、
あれに照らされないままの窓の下で何かを書こうとして突然に、
取り残されたわたしの白い肋骨が雲間から浮かぶ、
そしてあれは、
あれを思い出さないあれであった、
その光はたくさんの影たちを一つにする力がある、
孤独な心を抱えながらも、
そのままでいいのだと優しくささやいてくれる心がある、
たった一つの夜空の火を影たちは見つめたい、
開かれたままの心の傷口を、
そのままでいいのだとつぶやく声を耳にして、
影の生死が、
影の影の孤独が、
会いたくても会えない影の影の影が、
魂の暗渠を胸に抱きながら、

明日をたずねるようにして、
そっと見つける、
星明かりがある、
木のゆらめきと、
静かな酢酸がある、
陰毛のざわめきと、
猫の目の満ち欠けがある、
風の痛風がある、
母の子守り歌がある、
黒々とした涙と、
にぎられたままの拳が、
開かれないままの雨戸が、
誰かが歩いた砂利道がある、
ない、
満月がある、
ない、

光に照らされた屋根がある、
ない、
柿の木がある、
ない、
押し黙れ、
怒張する、
鉄塔よ。
未然形の、
送電線よ、
透明な静けさは、
太平洋に捨てられて、
けたたましい、
わたしとわたしも、
原稿用紙を広げたまま、
窓のそばに突っ立って、
そうして、

照らされないままの、
緋色のカアテンの裏へ、
隠れてみる
。

以上が、
わたしとわたしが、
月のない夜に、
詩を書かない理由です。

我が火の口唇よ

俺たちの足の裏にあるから足の裏だ。
フクロウが飛び込んでくるのだ。
アナホリフクロウ、**シロフクロウ**、
キンメフクロウ、**アメリカワシミミズク**、
俺たちは産まれる前から。
目眩をしていた。
何かをつぶやき、風を誘って、道を輝かせて。
一斉に、何億ものフクロウに、
見つめられているような夜明けを生きてきたのだ。
ニシアメリカオオコノハズク、**サボテンフクロウ**、

メガネフクロウ、**ナンベイヒナフクロウ**、
次々と二酸化炭素の人生を、そのくちばしと爪とで、
アカスズメフクロウ、**スピックスコノハズク**、
連れ去ろうとする。蛙の足をくわえたまま、
ネズミの巣を記憶したまま、子どもの夢を草むらに隠したまま、
何億もの顔が、追いかけてくる。
クロオビヒナフクロウ、**メンフクロウ**、
ワシミミズク、**オナガフクロウ**、**モリフクロウ**、
素早い目玉が、手を洗ってばかりの日々を、
火だるまに。木から木へと飛び移る手の長い幽霊もしくは入れ歯の猿、
もしくは貧血の詩人の影にはそれぞれに足が無いのだけれど、
偽物の白鯨のさらなる偽物の奥歯が、
空を横切ったばかりだ。
だから火の山を登るしかあるまい。
トラフズク、**カラフトフクロウ**、
猿の水玉の記憶が肉体を流れる。

新しい思惟には風切羽根がある。
ウオクイフクロウ、ミナミメンフクロウ、
紫色の陸橋が。海の底で発見されたという噂を。
耳にしたばかり。。。。
。この星。。。。全てが涙なので。
逃げることしかできない。**マダガスカルメンフクロウ、**
アフリカコミミズク、
いきどおる雲の姿は象百頭。
これらはただの銀河の横顔でしかない。
おびただしい四本足の風に連れられて。
モハヤ華厳なる疑傷の山を目指すしかあるまい
ケープワシミミズク、マレーウオミミズク、
インドオオコノハズク、モリスズメフクロウ、
魂が。噴火するから魚は翻り。
アヅマヤマの噴火口にて。
鯉のぼりをあげつづける。

まっ黒い俺があるばかり。
インドコキンメフクロウ、ミナミアオバズク、
記憶の中で肋骨になったままの未来。
ユビナガフクロウ、美しい雲の
真顔を消して散髪する俺の死者。
カキイロコノハズク（笑）
黄金に輝く地獄坂はマンマ倒れつちまえ。
ジャマイカズク、証言せよ
オオサンショウウオの過去。
苦々しいマイヅルソウの実が赤々と美しいから、
のどが渇く、余計なお世話、トノサマ
バッタは、俺の隣で幻の青空を半殺しに、
。桃色の蒸気機関車の始発は脱輪した（泣）。
だから太陽系をめぐる十二個の睾丸の。
燃えあがる妄想の山々をどうにかしてくれよ。
「そもそも、

ここは俺たちの土地だ。」
。。。。。 ああ記憶のどこか。
地上の花の群れをめくっていく雲よ。
狂おしい緋色の旋律の鼻歌。
咳をしても。噴火口において。
雲をめぐる話をしても一人。
何だか退屈だが尽きることがない。
足早な石ころの魂を守ろうとして。
緑色のキビタキ。丸丸。
耳の小さなアブラムシ
はけんけん飛びしながらトンボに！
死に嘗め尽くされてしまった月よ、さらば。
ほうら、壊れた蟻塚から這い出た一匹の
蟻の人生のような朝焼けじゃあないか。
誰かが盗んだ血の山葡萄が葉の下で、
苦味を罵声へと変えて、

甘ったるく匂いを放ち膨らむ頃じゃあないか。
俺たちは黒黒とした語り部だ。
輝く目の大きなフクロウに。
何億も。
見つめられているような夜明けである。

マダガスカルコノハズク、

ソロモンアオバズク、

ニュージーランドアオバズク、

噴火口をめぐる、

無数の顔、

絶叫せよ、

猛禽類の幽霊へ、

山吹色の、

断言と

噴煙よ　！

私

一九六八年
私の生年に撮影されている
ある一枚の記録写真
こめかみを銃で撃たれるベトナムの兵士
連行する途中に
私刑として撃つアメリカの長官
告白する
私は兵士だ
私は長官だ
銃は向けられる

生まれる前の暗やみに
銃は苦く残響する
死後の暗やみに
射殺の光景が
銃弾と血が
引き金が
いつも
私を
たった一人にする
路上で
殺された私
殺した私
だから私は
死そのものだ
生まれた時から
私は私を

殺す
私は私に
殺される
こめかみは私だ
銃口は私だ
煙と衝撃は私だ
一点の殺意は私だ
処刑は私だ
孤独は私だ
私は私だ
私は
私を
許さない
決して

おれは新しい靴のうらにごむをつけた

逃げる水　追いかけて　もはや登るしかない　どことい
うあてもなしに　頭の中を風が吹き　渡るから　石を蹴
り　山を行くしかない　すれ違う人は下山地獄　月面に
電灯が単独で立っている　吹かれている葦の心は覆され
た宝石となる　小石をひろって口にあてて　山の有無の
道を踏む　観念のざくろの内奥　呆然とする虫の息　そ
の草むら　極端に小さな四トン・トラックがやって来る
運べよ　無数の草履の幽霊を　これが麦わら帽子を何億
も所有している理由である　恐ろしいトンボが　やって
来る　決まって雨の無い雨が降る　ああ咽喉が燃えあが

り　傷のある　林檎の中で　糖分が降るから　憂鬱なるどしゃぶりだ　毛の生えない　ライチョウの卵が転がり足の無い靴が誰かを待って　右手の金槌は　沈黙　目をあげるようにして遠いふもとを眺めると　硫黄の太ももが乗る　馬の背の群れ　いちめんのひろびろとした雲の海景を行く　黄金のアザラシの笑いが　杉の木となり尖るばかり　青い窓という赤い窓が全て閉じられた紺碧のもと　少しも寂しさに入り込んでこない大型旅客機の総重量　得体のしれない脱皮の皮　金の熊の額を這う銀バエ　零度の山脈に忘れてきた　虹色の軍手を　取り戻そうと叫び声がどこかの頂に腰を下ろしたばかり　ばらばらに落ちてくる石炭の肉体　ガソリンの精神　おれの愛に噛みつく　炎から取り出した真っ黒な渇き　誰でも記憶の中に薄い玻璃のグラスがあり　飲もうとして手にした途端にもう無くなるのだ　あれほど液体がなみなみとしていたのに　霊魂の険しい斜面に置き去りにしてきた

のだ　咽喉の処刑場にて　活火山に広がる唾液の空こそ
は　横倒れに　穴蜘蛛は道を良く知っている　人影の巣
の中でぐっすりと眠っていたからだ　おれはどうしよう
もなく水が欲しい　海のように貪欲に　満たしたい　そ
れなのにたっぷりと胸に火炎を溜め込んでいるばかり
快晴　タカの椎間板　穴空き雲から落ちてきた透明な
ショベルカーの夢を　薬指で触ったばかり　ずぶ濡れの
カモシカの　いい加減な足取りを必死で追っている　千
倍も豊かになりたい　足は棒高跳びの棒のようだ　吾妻
小富士へと向かう中腹で　紫色の人生の二重傍線部が
カリフォルニアの雷雨の　どこかにあることを知り　お
れの左手の中で　粉々になる　白黒の分度器　さみしい
人格の狼煙がたどたどしく坂を降りてくる　青茄子　発
狂　舌を無くした宇宙の家　だから言ったじゃないか
脚の一本だけ足りない独裁者の椅子が　狂った水晶の寝
床にもあるのだということを　断崖に五寸の釘を打つよ

うにして　犬歯と石肌とを擦り合わせ　おれは今でもおまえのことを思っている　ぼうぼうとした山の真上　すれ違う無人は笑っているけれど　恐怖のトンボは瑠璃色になり　怒号している　どこを目指せというのか　巨大な一穴が　山を進むほどにあるばかりじゃないか　青空の奴隷となり　登り続けて　頂上の　死の底へと向かっていたのに　過ぎなかったじゃないか　大穴の火口は深い喪失だけをこれほど負っているじゃないか　アナウサギ　鉄砲百合の幽霊　トウモロコシ　咽喉が極限に　カラカラになるじゃないか　あの日の洪水の　群衆はどこへ　誰も彼も水も　連れられて　行ったじゃないか　光の穴へ　口唇へ　空には風がながれている　**それだけじゃないのだろうか**

嗚呼

水の無い川が　夜になるとやって来る　少しも流れてなどいないのに　どうしてこのようにも　恐ろしいのだろうか　私だって　ついさっき　誰もいない紫色の陸橋が　海底で発見されたという噂を　耳にしたばかりなのだ　嗚呼

水が少しも流れてこないまま　ただ川だけが　やって来る　野蛮に　無作為に　優美に　長大に　水の無い川なのに　とてつもない流域で　私たちの暮らしを圧倒する　ああ　流れてなどいないのですよ　水玉など　嗚呼

炭酸など

それなのに　嫌だ　嫌　恐ろしいのです　泣きたくなる　嫌というほど　全然　流れてなどいないから　だから　干上がっているじゃないか　それなのに　どうしてこんなに　私の背中を濡らそうとするのですか　川岸などどこにもありはしないのに　嗚呼

流れてなど　いやしないのに

何が面白いのですか　何が　嗚呼　水など流れていない　流れていない　の　じゃないですか　だのに　何だって　液体を信じこませようとするのですか　風は生きているのか　死んでいるのか　どうせすぐに　私　駄目になるに決まっているのです　対岸の火事と　私たちの

精神

　の脱臼の歴史が塗り変えられたことを知っていま

すか　チキショー

空も星も命も　あなたの　その　眼の前の世界だって
初めから水の無い水に沈んでいる　何を知っているの
か　生きているのか　言葉を呑みこんでいるのか　歌っ
ているのか　死んだ　ようにして　実は　生きていない
のか　ニワトリの声だ　　　　　　　　　　　畜生

遠吠えしていますね　畜生

水が乾いていやがる　畜生

どこかで　犬が　吠えるしかないんでしょうね　畜生

こんな夜更けには　逆さまに落ちて突き刺さる太い白樺の木がありますよね　ブルドオザアが河川の砂を削りながら　海老や蟹の幽霊が　うち捨てられた土鍋の裏側で跳ねているのが　分からないのでしょうか　唐揚げに

されている　精神の分度器が　夜の鹿の足の裏で　割られて　置き去りにされたまま　川が　流れては来ない予感に震え　どこまでも底が　からからに乾いていやがる

殻の無い　服従の貝のままで　無味に流されてゆく　何も無いから　何も無いのに　水が無いというだけで　川が確かに流れているのだとしたら　迫って来る気配だけが近づいて来ていて　その不在の流域を　どうすることも出来ない　それなのだとしたら　見えない岩がごろご

ろと転がるのみ　水は初めから　そこから逃げてしまっ
ているに過ぎない　だから無言の洪水が来る　逃げたま
え　黙りたまえ　言葉を呑みたまえ　舌を乾かしたまえ
嗚呼

ある
はずです　からからに乾いたままの小石の川原が　だか
らそこには　一垂らしの　つばき油があるといいのです
が　嗚呼

嗚呼
心のどこかを　水びたしに　この精神の乾燥した　ず
ぶ濡れの輪郭を　もう　どうしようもないのです　しか
も　水は　とても乾いています　嗚呼

嗚呼
水という水が　あなたを忘れようとして　あなたの心
のどこかで　笑い続けています　この断言のほつれ目を
嗚呼
嗚呼
もう　どうしようもないのですか　しかも　その水は
からからに乾いたまま　とにかく　車も家も電信柱も人
も　日々も　呑みこんでしまおうとしています

嗚呼
たったいま　沈黙が　あなたの背中に　滅茶苦茶な動
物の入れ墨をしているだけなのです　だから　零度のリ
ヤカアを引いている　眠らない農夫の影に　夢見がちに
話しかけるしかないのです

畜生

絶対　水が無いのに　水だけが　恐ろしいのです　咽喉が渇くから　それだけが恐ろしいのです　空を飛ぶから　魂だけが恐ろしいのです　花は咲くから　事実は思ったよりも深刻なのです　その先で　銀色の石を拾って乾き　切った暗闇で　こうして　水の無い川に向かって水切り　遊びをするしかない　水の無い豪雨に　真夜中に　降りこめられて　何が　面白いのですか　畜生

主人よ棒を投げてくれよ

さて、どう遊んだら良いものか、いつまでも
棒は投げてもらえないし、電線は風に鳴り続けているし、
蹴った小石はどこまでも転がり、ブランコは
火花を乗せて揺れて、私たちには食べるものも無ければ、
帰る家も無いし、時の流れるままに、
何回もその影だけが吠えているふりをしているし、
さて、青空という爆弾で悪戯でもしてみようかしら。
主人よ、棒を投げてくれ、あるいは誰か。
生きることの意味、あらわな主題が、
簡単に足跡を出しっぱなしにして、四つ足になる、

四つ足に！　私たちは、そのような迷い犬になりました。
だから飼い主を探しています。一体、どこへ。
主人よ、棒を投げてくれ、あるいは、
さて、どう遊んだら良いものか、無人の叫びは、
不思議な光を投げかけるようにして、この世界に泡をつけていっただけだし、
水たまりが、お前の人生を決定するのだろうし、紋白蝶は、
血の羊羹の工場の屋根裏を極端に横切ろうとするから、
春の調べの、曲がり角の秘部の毛羽立つところが、
週末に玄関で待っている人の影になろうとしているから、
そのような迷い犬を保護しません、そのような飼い主を探していません。
空のすべてが音速爆撃機であるし。**主人よ、棒を投げてくれ。**
主人よ、棒を投げてくれ、あるいは、主人よ、棒を投げてくれ。
さて、どう遊んだら良いものか、恐ろしい樹木が揺れているから、
一昨日の画用紙の裏側に記されていた、反対の風景は、
良く知らない人々を。許すつもりでいるみたいだね、
一つも二つも、摘まれていこうとする静か

なレモンハーブの失敗の時間に。
靴の裏側で、ずっと泥の言葉に追いかけられてい
た虹の一つ、二つが散々に踏まれてしまって。
ばらばらの破片が組み合って、目の前の光景になる時、はるか
かなたの踏み切りを、忘れてしまった私たちという四つ足が、
果たして渡ったのかどうか、飼い主が、飼い主をさ、
飼い主が、飼い主を探しているような時代に。さ。
四つん這いになるしか、四つん這いになるしかないのか。
主人よ、棒を投げてくれ、あるいは、
静かな画鋲があの坂の上の家の壁にそっと、刺されてあるのです、
さて、どう遊んだら良いものか。そうして私たちは、
地下鉄の二本の鉄路を過ぎる、水玉の動物の部屋へ、
帰ってゆくしかない、帰ってゆくしかねえのかよ、
いろんなところへ家出して、ぶらぶらして、
行き場が無くて戻ってくると、戻ってこないと、
プラスチックの兵士に後ろから撃たれてしまうし、

主人よ、棒を投げてくれ、あるいは誰か。

さて、どう遊んだら良いものか、
煙突は煙を吐いているし、窓は涙を流しているし、
骨は真白く内省するし、魚は金色に釣り上げられるし、
葉脈は隣の国に侵攻されているし。
つぶやくことを忘れているから、樹木は、
広東語の様に燃えあがるのが良いのだろう、見えない、
火炎を背負って、静かな絵ハガキが騒がしいし。
砲弾を受けた学校と、アパートメントの柱の幽霊は、
片方のサンダルを探して泣き続けているし、
さて、どう遊んだら良いものか、風も草も私たちを苦しめる、
静かな緑色のケヤキを騒々しく燃やそうとするかのようで、
不在なる魂の震えに身をまかせるより、
他は無い、裏切りの夕焼けが、夢の中で
腕時計を狂わせているのなんて珍しくもなんともない。
手袋が月光のどこかで、親指を忘れて、中指の先の鳥の頭脳は、

魂の駅前のロータリーの整備についての興味などが初めから無い。
ポケットの奥の雲の影が、あまりにも恐ろしいので
さて、どう遊んだら良いものか、
主人よ、棒を投げてくれ、あるいは、
無人の街の廃墟の三階建てに一つだけ丸い窓があり、
おまえはそれを見あげて、イヌエンジュの木の肌に祈り、すると、
たくさんの鹿が、頭の上の角を切られたいがために、
移動していきました、ホモサピエンスは、無数の人差し指を消して、
手足を伸ばしたままで、いつまでも
帰ってこないのです、かん高い鳴き声と泣き声だけが、
誰もいない犬小屋で暮らしています、錆びた鉄棒にぶら下がったままの、
だらしのない空気を読むがいい。
ああ誰か、主人になってください、命令してくださ
い、指示してください、というだけなのに。
さて　飼い主を探していま、
さて、す、というような何ということのない一日に、

白く汚れた天国への階段を登っているのだけれど、
やはり難しくて、足だけになっている、そのような、
影の飼い主を探しています。
吹き過ぎるままの風の飼い主を探しています。
ああ空の全ての殺意!
大いなる手で
主人よ、棒を投げてくれ。
右足のかかと、

　　　　　　　　　　　　　　　　　へ、

犬の影が鳴きつづけている、
泣き叫びます、
そうして、
だらしのない四本足は、
ここから、どう遊んだらいいものかしら、
誰でもない主人よ、
誰でもない季節よ、

棒を投げてくださいませんか、
とにかく、遊ばなくてはいけないのです。

快晴

棒があがった
あなたは
踏み切りを渡ろう
なぜなら
昼下がりの驟雨の予感があるからだ
悲しみ優しさ憤り
怒り哀れみ猜疑
裏切り慈しみ愛憎
そうしたものの全てが
真夏の盛りの午後に

彫刻の入道雲となって
忽然！
浮かびあがっている
あのようにも過激な精神のうねりが
青空を支配している姿に　もはや
誰もが　呆然とするしかない
呼び出されたようになって
路地の真ん中でうつむくと
雷鳴　にわか雨は容赦なく
水の釘を打ち込む
ずぶ濡れになるがいい
肌を叩く石ころを
恐れるがいい
無数の命令を
やがて　間を外して
聞こえるように

あっけなく大笑いして
またもや　鋭く
快晴が来る
野蛮に
真っ青になっていく天
棒　あがった
この時だ　あなたは
踏み切りを渡らないのか
消滅している列車を前に
立ち尽くすしかないのか
雨の無い
豪雨のただなかに
あなたはあなたの影を
探している
やるせない
騒々しい

静けさの中で
たくさんの人々が
どこからともなく
渡るのは
渡らないのは
あなたを
許さない
あなたたち
あなたを
許している
あなたたち
線路のうえを
通過する
縞馬の群れ
棒
下がった

正午

横断歩道
行くと　その先だ
アブラゼミが
仰向けになり
舗装の上を
ぐるぐると回り
遊んでいるように
見えたのは

くすりとしながら

近づいていくと
羽根が一つだけ
取れてしまっていた
叫び続けている

拾いあげて
街路樹に止まらせたが
興奮するばかり
すぐに
固いだけの
地面へ落ちた

もう飛べないのだ

獲物だ
ムクドリの

顔が過ぎた

腹が立った
鳥を追いかけた
手を叩き
この男は
怒鳴った
驚いたのだろうか
すぐに地上へと
クチバシからこぼした

けたたましく鳴いている
ほっとして
近づくと
腹部しか残っていない

筋肉で鳴らしているから
まだ聞こえていて
　やがて沈黙

急いで
虫の頭と胸と
息を飲み込み
軽やかに逃亡した
翼を振り回し

最後の声まで聞き取ったのも
全てを仕向けたのも
この俺だ

そもそも
渡らなければ

良かったのだ
横断歩道を
戻ることにした

敷かれた
白線と
闇の上を
引き返す

滑川の
滝が
向こうから
歩いてきて
すれ違ったのは
その後だった

シカジカ然然

誰もが
夕暮れの長い階段を持て余しています
下へと伸びていく長い影を分かっています
だから夕方はゆっくりと間違っていきます
全ては赤々と塗られた風景のなかにある
わたしたちは果たして　下るか
頭の上の激情は燃えさかる
坂の下は血まみれだ
救いの暮れゆく光の散漫な誘いが分からないのか
振り返ればどうしようもない現在である

長い影が楽しそうに伸びていこうとして
一段一段　ヒザが泣く　笑うのに
果たせ　下れ
角のある影は　わたくしたちの弱々しい
精神の段階もしくは石の階段を
駆け降りようとし
一斉に　けたたましく　静かに
激しく　優美に　無言に
本日の終わりを物語ろうとし
頭上は鋭いだけである
一日の終幕の　暗黒の敵意は
無限なる母性本能に似て
わたしたちを包み込み
含もうとし　そのまま
屈辱をも　味わわせて
それにしても

この角
これは何だ
引き返したいのだが
はかりしれない
階下の血の海に
数えきれないほどの
異国の鹿が群れて
憎しみ・ぶつかり合い
衝突の音が
叫び声のようになって
辺りをすっかりと
駄目にしてゆく
憤怒の雄が集合し
得体の知れない殺意を
押さえきれず
野蛮なる黒い塊の

肉の闇となり
待ち構えている
わたしたちは猪のように
血の階段を
過ぎ去りたいのに
生まれたいのに
眼下の行方に
無数の男性が立ちはだかり
欲望と激怒は
立ちはだかる密林のような
大角の形骸に漲り
散々の鳴き声は
もはや命令となり
言葉にならない
茶色の罵声が天地から
終日の産道へと襲いかかり

行く手では獣の
激突音ばかり
どうして
こんなに残酷で
逃げ場が無いのか
わたしたちの額で
角は冷たすぎる
引き返したい
真紅の一段一段を
上り・逃亡したい
途方に暮れる
わたしたちよ
奮起せよ
断崖にそそり立つ
ミシラズの
野太い

柿の木の様な
それを闇雲に
頭上で振り回し
極端なる群像へ
下降・激突せよ
血だらけで倒れた
仲間を足の裏にして
さらに突撃せよ
無駄に
無数に突き刺され
ここまでと叫び転倒し
続くニホンジカたちに
踏まれよ
死への暴走に
それでも
一頭でも良い

極限の角を生やし
明日へ
生まれるため

サッチ　アンド　サッチ
such and such

著者　和合亮一（わごうりょういち）

発行者　小田啓之

発行所　株式会社思潮社
〒一六二-〇八四二　東京都新宿区市谷砂土原町三-十五
電話〇三（五八〇五）七五〇一（営業）
〇三（三二六七）八一四一（編集）

印刷　創栄図書印刷株式会社・株式会社東京印書館

発行日　二〇二三年十月三十一日